JN125059

危険な散歩

松本秀明

弦書房

There are places I' ll remember all my life
Though some have changed
Some forever not for better
Some have gone
And some remain
All these places had their moments

With lovers and friends
I still can recall
Some are dead and some are living
In my life I' ve loved them all

—— by Lennon-McCartney
(from "IN MY LIFE")

目次

I　危険な散歩

原っぱ　10
視点　14
太陽の生理　18
養鶏場　20
所有と存在　22
砂漠　24
腸（はらわた）　26
黒鍵と鈴　30
雑木林　32
絵札　36
食事　40
雨　42

労働　44
牛　46
永遠　48
少女　50
「風」に関する断章　54
鉄柵（一）～浜田知明氏へのオマージュ　58
ある夜の音楽　62
晩夏　64
花の構造　66
「公園」の中へ　70
ヒマワリ　72
萌芽　76

Ⅱ　野草曲

なやましい夜の声　80
母と子（№１）　84
それから　86
彼女のスケッチ　90
ドーナツ～小話(1)　92
お大事に～小話(2)　94
プラットフォーム～小話(3)　96
きのこスープ　98
つがい　100
キザな奴　104
でんわ　108
昼食時間（ランチタイム）　112

ある日の午後――そのスケッチ　116
鹿児島の石橋　120
憧れ　122
春へ（～桜の枝を折って病院へ行く）　126

あとがき　133

Special Thanks To my Family
(Y&T&K)

I
危険な散歩

原っぱ

一

薄い静脈を敷き詰めた
黄昏の空が
絹布（ヴェール）を透かしたように
瞬いていた。
滲み出した赤銅の粒子が
雲の影を覆い
風の響きが呼応し始めると、

ぼうぼうと生い繁った
草むらの中から
何本もの白い腕が
天上を目ざして
昇って行くのが見えた。

二

原っぱには不思議に揺れる空気の感触があり
古びたシーソーに股がった自分を意識出来た。
足が地面を離れると、風の響きがこだまして
夏草の噎せ返る臭いが充満した。
笑いが起こり
先程まではしゃぎ回っていた子供達の輪郭（シルエット）が、
蜉蝣のように沸き上がっていた。

私は宙空にぶら下がっていた。
紺青に移り始めた景色の中で
白い腕が絡み合い、太陽の首を絞めては
陽光を吐き出させていた。
足を地に戻そうとしたが、
地面は白っぽく感覚がなかった。
私は足を地につけた
――と思ったのだが。

三

ぶら下がっていたはずの私の体は
いつしか、ある重みを感じていた。
天上から空が落ちて来るようで
その広がりが恐かったのだ。

何かが飛び散った。
いや砕けてしまったのだ。
紺青の粒子が時空を浮遊し
急速に拡がっていった。

私はついに空を支えきれず
ドームをつんざく爆音と共に
地面の上に叩きつけられていた。

四

風が舞っていた。
薄ぺらな時間が命を失くしたように転っていた。
シーソーは片端が折れていて
奇妙な軋(きし)み声をあげていた。

視点

崩れて行く光の股ぐらを縫って
奴が慌てて駆け込んで来た。
籐で編んだ太陽をぶら下げて
大きな獲物に、はしゃぐ浮浪者さながら
顔面を紅潮させている。

眼球は太陽の首根っこを洋服掛けに吊るすと
しばらく顔色を窺っていたが・・・
安心したのか、すぐにうとうとやり始めた。

そこは泥沼の底だった。
蜊蛄が蜊蛄を食っていた。
どうやら自分は、食われている方の蜊蛄らしく
「みみっちい奴め！　せこいぞ！
　こら、離しやがれ！」と大声で喚いていた。
少しずつ食われているのだが、痛みは無く、
泥水が、ひんやりと身体に染み入るようだった。

部屋の中は噎せ返るばかりの暑さに変わっていた。
腐った内臓や、焼けるような髪の臭い。
汗まみれの包茎や、女の妙ちきりんな臭い。
薬の臭いもすれば、賄賂の臭いも充満している。
そしてその全てがねちっこく、手垢だらけなのだ。
どうやら、その臭いの源は太陽の身体から出ているらしく

いつの間に眼球が刳り貫かれているのだった。

「危ないところだった——」

眼球は、窓を開け放ち、換気をするとすぐに
硝子張りの水槽へと駆け寄った。

泡を吐き散らした水面。

見れば、昨夕の餌が、あちこちに食べ残してある。

「おーい、おーい」

眼球は、泣き出しそうな声で濁水へと呼びかけていた。

生活がパクパクと口を開けている。
物欲しそうに水面から顔を出している。
眼球は笑いかけ、生活の頭を撫でつけると
「待っていろ、今朝は御馳走だぞ」と
腐りかけの太陽を洋服掛けから外して来た。

水槽に放り込まれた太陽は、一瞬にして白骨となり
水中深く沈んでいった。
眼球がじっと、それを見ていた——寂しそうに。
生活はもう次の餌のことしか頭にはなく
口をパクパクさせては、眼球に笑いかけていた。

水中には沢山の死骸がころがっていた。
生活の前には、全てが投げ出されていたからだ。
権力も秩序も法律も、義務も自由も、
貧困も賭博も信頼も。
あらゆる物が、折重なって死んでいる。
そういう場所だ、この水槽の中は。

太陽の生理

落ちるもの
足。
傘の破れの間から
あなたの足が、一本二本と落ちて来る。
緑の芝生
広大な大地に生えた生命の種子
そこに抜け毛が降って来る。
真っ青に晴れた空
その空間（すきま）をぬって

あなたの皮膚がポロポロと
ただポロポロと嘲笑うかのように。
それをまぬけ面の頭がゴロゴロと
そこら中に散らばって見ている。

養鶏場

自縛の紐にしみ亘る
何億もの雨粒の羽ばたき。
そこでは年中かびが生え
糞はいつまでも固まらない。
羽毛が抜け始めると
彼らの瞳は大きく見開かれ
太古を呼び、太古を飛び
その白いものを拭い去ろうと
足を飛ばし　臓を飛ばし

腕を飛ばし。
そして見ている　見ている。
ゆらゆらと羽毛が落ちて行くのを。
やがて、木管楽器の音が聞こえると
彼らは錆びた弦の上を
静かに目を閉じ
笑いながら滑って行った。

所有と存在

滑った。と、その瞬間、
空漠たる時間が広がっているのだ。

透明と化した、水澄まし（ミズスマシ）や水馬（アメンボ）。
生殖が繰り返され、空間は泡で膨れ上がってしまう。
油膜を足で弾いては、屈曲した
光の波間を掻き消してしまうかのようだ。

深閑とした時空の隙間から鮮血が沸き出て来る。

――腐爛体――

乳色の粘液を絞り出す藻草の間を
硝子の容器に囲われてプカリプカリと漂っているのだ。

私は手を延ばして、その容器を引き寄せる。
(つまりは、所有するわけだ)

蓋を開けるとスーッと青空が拡がり、
映像(スクリーン)には蜉蝣が飛びかい踊り出す。
私は太陽を取り出し、雲を並らべて
色彩の渦を澱みの中から開放してやるのだ。

私は青空を欲したのではない。
ただ滑った、その瞬間に見た青空が
あまりにきれいだったので、ちょっと触れてみたかっただけなのだ。

砂漠

蜥蜴の舌を転がる物質の
帰納する突起的な思想は
そのザラついた肌合のよう
露出を拒む爛(ただ)れた実存との媒介により
公共規律を分泌する。

権力の根茎に縋(すが)る諂(へつら)いの
形而下を標流する表象は
溜め息を隠匿し、交感の乳房を毟り取り

混濁たる意識の波止場にて
糖衣の球を飲み込もうとする。

見てごらん。このガラス張りの部屋を。
青酸カリだの四塩化炭素だの酢酸エチルだの
絢爛に彩りつけられたこの部屋に
僕等はコルクの壁で密閉されてしまったのだ。
赤網の強さに、掬い上げられたのだ。

今。蜥蜴の舌は切り取られ
もはや球は転がらない。
――そしてこの重み。
全ては、球を飲み込んでしまったからだ。
全ては、球を飲み込んでしまったからだ。

腸（はらわた）

雲間から太陽が顔を覗かせ、陽が差し始めると、ヒトデは岩場から這い出して来ては海辺に寝そべるのだと言う。陽が照り付け、体温が上昇するにつれ、内臓を少しずつ押し出したヒトデは、潮風に打たれ、陽の光を吸収し、欠伸をひとつ、ふたつ。そのあと気持ち良さそうに五本の足で伸びをすると言う。

ある晴れた日の午後、私はヒトデに習い、やつの隣に陣取ると、苔むした腸を取り出しては、陽に打たれた。心地良い風が吹きつけ、腸が震えるのが良くわかった。とぐろを巻いた腸を少しずつ解きほぐし、引っぱり出し、一本の細長いロープ状に仕立てる。投げ縄をするように、手で根っこを持ち、大きく振り回すと、ブーンブーンと音が鳴った。

十分に干し上がった腸の肉を、木槌を手に慎重に吟味する。ひと振り、打ちおろす度に管内の空気が圧縮され、先端に押し出されて行くのがわかる。きな臭い日光で消毒が済むと、次に真水で水洗いをやった。たわしでゴシゴシと擦り付けると、腸はヒリヒリし、所々に出血する。それでも構わず擦り続けると、包茎の亀頭を初めて下界の空気に触れさせた時のよう、まるで薄荷水にでも浸された気分になった。

繰り返すうちに腸は次第に変色を始め、遂には、海月(くらげ)のように寒天質に透き通っていった。腸はぬけ殻のようでいて、それを見つめる心地は、不思議な程悲しいものだ。

取り出した腸をもう一度海辺に寝かし、陽にあて乾燥させる。最後に腸を巻き戻し、仕舞い込む際、ふと横目でヒトデを盗み見ると、やつは未だに内臓を出しっ放しであり、もうひとつの内臓と絡み合いながら臭った息を漏らしていた。

黒鍵と鈴

蒸し暑い夜半になると
水道の蛇口から手が足が、
滴り出て来て
キャンデーを頬張った女の子が
ペロリと舌鼓を打つのさ。

（彼女は笑いかけながら僕に手招きをする）

男が風呂場で向こうむきに、　しゃがみ込み何かを洗っているんだな。
良くは見えないんだが、
足元に流れ落ちる水は
赤く見えたり
黄色く染まって見えたり。

（彼女は僕を突っついては、
　「ホラ」って、笑いを噛み締めるわけ）

男が振り向くと
妙ちくりんな腰の化物が泣きじゃくってるんだな。
でも、その形には見覚えがあるんだ。
腰は言うわけさ。
「どこからが、私でしょうか」って。

雑木林

蛇の内臓から染み出た白い腿脚。
その夥しい脂肪の群れが
湿った腐葉土を這いずっては
鱗を撒き散らして進んで行く。
噎せ返るばかりの樹液の香りに誘われて
分泌する櫟の若木の蜜壺に
ただ口を差入れる為だけに。
深々とどこまでも入り込む為に。

雲の輪郭も薄らいで
青空に空気の流れを感じられる昼下りには
天空から沢山の段ボール箱が降って来る。
中を開ければ硬直した腿脚の群れ。
所々に染みの様な物が広がっていて、
箱中が樹液の匂いで充満している。
上空には色褪せた蝶が舞っていて
不思議にも、飛び去る気配すらない。

都心のビル街の狭間では
アスファルトの道路のあちこちに
空(から)の段ボール箱が転がっている。
炎熱の照り返しの中を
白シャツの群れが通り過ぎ、
汗だらけの内臓がその後を這って行く。

上空には色褪せた蝶が舞っていて
不思議にも、飛び去る気配すらない。

絵札

大仕掛けのからくり芝居でも見ている様です。
うらぶれた酒場の埃っぽい風景を透かして、
淡い光線が横顔を照らしています。
一枚の絵札が裏から表へと返る度に
澱んでいく流れの淵でひとひらの成功が
舞っては消えていくのです。

きらびやかな客のざわめき。
剝き出た歯が大きく歪み、口紅が左右に捲れて笑い声がそれに続きます。
丸テーブルと椅子席を縫うように、細い足が
通り過ぎては膨んだ顎が微笑みかけます。
そう、あなたの為に――。

延びている腕。
傾斜する肩肉。
尖った腰に衣擦れの音が響きます。
濡れた瞳が蕩けるように、液体に映え
揺れていた会話が水平になります。

大仕掛けのからくり芝居でも見ている様です。
朦朧とした意識をグラスの底で聞きながら
黄色い眼光だけの姿でゲロを吐いていました。
一枚の絵札が軋みを上げて裂かれた時、

中には信頼と裏切りが背中を合わせて
死んでいたのです。

食事

幸わせが腑抜けのように突っ立っている傍らで、頭蓋骨を打ちつけては脂肪を吐き出している。生温かい湯に足を浸すと、静脈が膨れ上がり、盥(たらい)の中の山羊の眼が笑い、眼孔から転がり出て来る。これら一連の契約が垢だらけのスープの上を漂い、匙で掻き回され、舌先にはこんもりとした生殖器が乗っかってしまった。フォークで突き刺す時、まろやかな舌触りと共に、馨しい香りが鼻を刺激する。実験用に切り取られた兎の耳。鴨の首を煮こんだ人骨スープ。それに白塗りの便器に浮いた空揚げの「明日」等には思わず舌鼓を打たずにはおれない。赤い巨大な鋏が沼からゾロゾロと上がって来る中、蛇の生き作りや刺し身を、限定された幾可界に浸して丸飲みにすれば、有機体を組織・支配することにより、漏斗を通過した労働の脈を速めるに違いない。今、子宮と陰茎との隙間から、湿ついた握手が差し出される。握り返す指と指。そのぬめり。柔らかで艶があり、未だ「借りる」ことの恐しさを知らず、ブロックを積み上げるのに何ら疑問も感じない。生活が首を撥ねられ、幸わせが濁流の如く押し寄せて来た時、おれらはゆっくりとスプーンを取り出し、静かに口に運べばそれで良いのだ。

雨

雨が降っている。濃緑の世界から淡緑の世界へ、突き刺さり、震わせ、通り過ぎる。追憶の切れ端を引き摺る茶色の犬の鎖のように。

水溜まりに跳ねる白銀の翼。トタン板を、屋根瓦を、アスファルトを叩き続ける私信の束。或るいは体感出来る闇路の気配。これらは一体となって「雨」を感じさせてくれる。

雨。あの灰色に覆われた映像（スクリーン）をいくら眺めていても、雨は投影されることも無ければ知覚することも出来ない。ところで、もしも雨に鈴を付けることが出来たら——雨に蟬のように鳴かせたら、色を付けたら、水飴のような粘り気と「味」を与えたら、花火のように飛び散らせることが出来たら——雨はより一層、雨としての意識を高め、落下してくるのかも知れない。

雨に打たれる。そのことに寄って、雨の重量が身体に落ち、染み入り、雨という物体が身体の奥深くまで浸透していく。その後、雨としての機能を失しなった存在は、いつの間にか意識を抜け出し、最早雨でも何でもない「物」へと進化してしまう。雨が降っている。私たちが雨だと呼んでいる物。雨だと信じて疑わない物。雨は落下する限り、雨として機能せざるを得ないのか。

労働

太陽の皮膚はブヨついて張りがなかった。押せば押しただけ、めり込んで行くような不安。尻穴からは養分を含んだ粘汁が滴り、丸々と下腹を膨らませた蛆虫がそれを飲み込んでいた。臓腑は白蠟化し、数多くの陰茎が内臓を食い破っては屹立として蠢いていた。膣に「所属」されるため、首を左右に揺さ振っては、物欲し気に伸び上がった陰茎——まるでそれ自体が彼らの「労働」

でもあるかのように、ピクピクと身を震わせたかと思うと、一斉に大空に向けて血を吹き上げ始めた。その途端、急に萎み出した太陽は、「あっ」と叫ぶや否や、硬直の球へと変貌し、終には、集団秩序を含有する「物」へと化してしまった。労働を終えた陰茎は太陽の身体を抜け出すとニヤリとほくそ笑むや、人間の住む「場」へ再び太陽を求めて飛び去って行った。

昨日と何ら変わりはなかった。空にはジリジリと焼け付くばかりの陽ざしを放射する人工太陽が浮かび、やせ細り干凅びてしまった太陽の亡骸を照らしていた。

牛

国会議事堂の赤絨毯を牛が歩いている。
その目は、未来を見ているのか、
遠方に注がれている。
議員バッジを付けた人間の腕が延び、
その目を遮り、首に掛けようとする。
牛は宇宙に敷かれた草原に居る気なのか
脇目も振らず歩いていく。
警官が走り、沢山の制服が取り押さえようと
集まってくる。

牛は胡散臭そうな目つきを投げかけると、
ブルルと体を震わせ、何事もなかったように
歩き出す。
牛の片足が雛壇に掛かった時、
場内が騒然とし、罵声が飛びかった。
牛は構わず突き進み、議長席の下当りで
立ち止まると、糞をした。

銃口が火を吹いた。その瞬間、
牛はフッと、小さなタメ息をついたように思えた。
歓声が沸き起こるのと同時だった。
巨体は、大きな音と共に崩壊し、
階段を転げ落ちていった。

永遠

妖艶なる月光が波間を漂い揺れている。
夜の沈黙（しじま）に溶けていく月光の群れは、
幾重にも折り重なるように体をずらしては
一条の敷板（レール）と化し、天上へと駆けて行くようだ。

油膜に包まれた乳房の片方が突き刺され、
掬（すく）われた網の中で踠（もが）く声が聞こえる。
陰嚢のような船虫が埠頭中に溢（あふ）れ出し
月光を食い潰してしまうかの勢いで走り回っている。

――海面に石を投げ入れたのは誰？

真夏のギラギラした陽を受けて
釣り人が糸を垂れている。
だらだらと流れていく意識の中で
木漏れ日の舞いのように陽光が海面を飛びはねている
垂直に聳(そび)え立つ防波堤は
広大な海を延々と引き延ばしているかのようだ。

釣り人が竿を引き上げた時、
人生が流れ出していくように海が大きく傾き
釣針にかかった疲れた月が顔を覗かせた。

少女

校庭の南側にある錆付いたバックネット。
その裏手の石塀を乗り越えると
一面の原っぱが広がっていた。
焼けつくような夏の陽ざし、入道雲が上に延び
草のにおいが強く鼻孔を擽った。
乾いた土、その上空を
栗色の風が静かに舞っては去って行く。
麦藁帽子の下の真っ黒な顔が笑い、
その足取りは弾むようにスキップを踏んでいた。

夕暮れ時になると豆腐屋のラッパが聞こえた。
母に頼まれボウルを手にした私は
坂道を自転車で飛ばした。
豆腐屋のおやじの、陽に焼けた首筋。
白い手ぬぐいで、手を拭いながら
水槽の木箱から豆腐を掬い上げる。
首に掛かったラッパが魔法の音色を奏でる時、
どこに居ようと、私は駆け出さずにはおれなかった。

ある暑い夏、私は淡い恋をした。
色白の桃色の服が良く似合う少女で、
振払おうとするのか、潤んだ、淋し気な瞳で、
いつも肩を怒らせて歩いていた。
そばに居る。ただそれだけの事が、私をおどけさせ、

ゾクゾクさせた。
「遊びに来て」
病弱だった少女の、唇から発せられた
その言葉を思い起こすにつけ
息が弾んで、どうしようもなかった。

郊外に在った櫟の大木は、いつも、
甘い香りを放っていた。
・・・
ほこらの中を覗き込むと
木漏れ日に照らされた少女の
長い黒髪が風に嬲（なぶ）られる様が見えた。
その沸き出る泉を感じる瞬間、
私は白いナイロンの捕虫網を引っ掴み、
いつでも原っぱへ、あの豆腐屋のラッパを追って
走り出ることが出来る。

「風」に関する断章

風が動かずに止まっている時
五感において
その風を知覚することは出来ない。
風は在るのに
浮遊する風を指摘出来ない。
しかし、風はそこに
存在しているのだ。

風が在るというのは

感じることであり、
表象させる行為である。
静止していた心が揺れ始め、
神経を突つき、そっと囁く。
あるいは大声で喚（わめ）きちらす。
そのような時、
その作用を反射的に投影させ、
観念の映像を作り上げる。
その過程において見られる心の変動。
在るという認識に同調する
神経の震え。
それこそが、風が在るという知覚に連がって行くのだ。

夏の昼下がり、
私は海岸沿いの高台に立っている。

そこには、意識出来る
風が在り、
心地良いと感じる一瞬間が存在し、
それを知覚する主体であるところの
「私」が存在している。

木の葉を揺らす風。
視ることにより、私は風を知覚できる。
緑色の、紫色の、そして黄色の風。
軟い風、柔い風。
軽い　あるいは鈍重な風。
様々な風が舞っているのを
触れ、嗅ぎ、聴き、味わい、視る。
その諸器官の機能により
吹いて来る風の動き、その態様までも

感知し、把握できる。
そう信じ込もうとしているのが
「私」として存在している。

観念。
これ程厄介な代物はない。
視えるはずもない風が視え、
それが浅黄色をしていると知覚する時、
明らかに私の神経は観念のフィルターを透している。

私は否定すべきかもしれない。
風が在るということ。
その態様を把握し、表象すること。
それが出来るのが、
「詩」であるのだから。

鉄柵（一）

～浜田知明氏へのオマージュ

荒れ果てた広野、長い行軍の影が延びる。
乾ききり、一点に凝縮された目の機能。
意志も感情も失くし、引摺られるままに
足を運んで行く。生き抜く為には
旗に付いていくしかない
否。付いていかざるを得なかった。

少年兵たちは殴られる。
こぶしで、青竹で、木銃で

あらゆる物で殴られる。
理由もなく殴られる。
（いや理由など、どうでもいいのだ）
鋳型と　同じ顔に　同じ体に
そして同じ頭脳(あたま)に
完全に機構の一部となるまで殴られる。
不条理だの矛盾だのそんな物は
初めから存在しなかったのだから。

虐殺、凌辱、窃盗、強盗、放火。
裸の女の死体がそこら中に転っており
女陰には棒が差し込まれている。
干涸びた皮膚。大きく含らんだ腹部。
臀肉を切り取られた屍体があり。
首の無い子供が彷徨い歩いている。

骨に張りついた皮。引き剝がす指。
内臓が飛び出し、蝿が群れ、蛆がわき
絶えず死体を焼く臭いがしている。
異常でも狂気でもなかった。
それは、そこでは正常な光景であった。

ある夜の音楽

陰鬱なる音楽が流れ、
ただ流れるように聞こえ、
それがしだいに耳に溶け入り、
奥へ奥へと溶け込み、浸透し、
渋滞し、音がひしめき、
大声を上げ、呻き、音はざわめき
大反響を引き起こし、
耳の中は管楽器の通気口と化し、
ぐにゃぐにゃに折れ曲がり、

そこを羽をむしられた鶏が走り、
ただ、その渦巻きの中を走り回り、
脅えた皮膚に音がしみ込み、
陰気な顔をしてねまり込み、
紛砕し、
骨と肉、皮と外気とを分解し、
耳におもわず叫び声を上げさせ。
憎むべきは、あの白壁。
それが陰鬱なる音楽を走らせ、
血だらけの鶏を走らせ……。

晩夏

「パチン」と栗刺が弾けると
雑木林は伐採されてしまった。
跡地は整備され、アスファルトで固められ、
大駐車場を備えたレジャー施設へと変容した。

翌夏は雨の少ない梅雨だった。
七月に入っても、乾いた日が続いた。
アスファルトは所々がひび割れて、盛り上がり、
陽炎がユラユラと立ち昇っていた。

八月に入った　半月の日の翌晩、突如豪雨が降った。
雨に洗われた光の粒がキラめくばかりの翌朝、
アスファルトの舗装の上には沢山の脱殻がころがり、
手に取ると、青白い蟬の死骸が転り出てきた。

花の構造

社会という枝になる花は花梗によって
連結されている。花片の色や形、
枚数といったものは一様ではなく
渇望する形態によっても、さまざまな
変化をもたらすようだ。
欲望を具象化する為に雌しべは媚態を振って
媒介の虫を捜し、享受しなければならない。
社会の中で働くという所作は、まさしく
この過程であり、花粉と雌しべとの結合による果実の収穫を意図するものでなければならない。
雌しべはひとつの塔のようで、果実の
甘い汁を予感させる物のようだ。
艶と弾力を持った柔かい球。
向日性の植物群の中を跳び跳ねている。
「成功」という得体の知れない生物には
永遠にも思える時間が内包されるのだろうか。

花は果実をつけたいと願っている。その為に
虫を捜し確保しようとも思っている。
しかし……。
花弁の色がくすんでしまったもの、破れているもの、
花粉を失くしたもの、雌しべを折ってしまったもの、
こんな花たちは、どんな行動を示すのだろう。

立ち去らぬ風景を横目に、花梗をぐらつかせながらも、
接点を放すまいとしている。まるで
風に耳たぶを銜えられた罪人のようだ。

「公園」の中へ

多くの人間がその中に入って行く。
入れ代わり、立ち代わり――。
振り向き様に交わされる短かな会話。
私は静観し、その合図を読もうとする。

修理され、或いは亡骸として放出される
その通路の両側には、
百万もの馬の目が貼り付き、蠢(うごめ)き、
白旗を射ようとする。

どよめきの一瞬、時間（とき）が片腕をブラつかせ、
傍らを擦り抜ける。そして「微笑」
その感触は生温たかな海綿の吐息のようで、
私は青ざめ、平衡を失くしてしまう。

私はさっきからずっと見つめている。
驢馬の首のような頑固さを持ち。
そこから放出されるであろう
私自身としての「物体」を。

ヒマワリ

微笑む女性の写真がある。
南ヨーロッパの丘陵地帯に広がるヒマワリ畑の中で
髪をなびかせ、涼し気な視線を送っている。
アルバムに収まったその写真を見る人は、決まって
「綺麗なお嬢さんですね」
母親は満足そうに
「そうですか」と答える。
微笑む女性の写真がある。

南ヨーロッパの丘陵地帯にある邸宅のテラスにて
膝の上にはアルバム、幸わせそうな視線を送っている。
アルバムに収まったその写真を見る人は、決まって
「素敵なお母さんですね」
息子は寂しそうに
「そうですか」と答える。

母親は来る人来る人にアルバムを取り出しては
「素敵なお嬢さんですね」
客人の言葉にうっとりと聞きほれるのが日課だった。
その日も同じだった。
一人の青年が訪れ、母親はいつものように、
アルバムを広げ、青年は誰もがするように、
ページを繰っては、うなづいた。
ただひとつ違っていたのは、青年のひと言に

幸わせな母親の顔が急変したということ――。

「お嬢さんの写真はどれもみな横顔ばかりですね」

町の外れで雑貨屋を営む息子が母親の写真を手に語ってくれた。

「これも何かの巡り合わせでしょうか

　実は昨日は姉の命日だったのです

　五年前、母は姉を締め殺してしまったんですよ」

額縁の中の母親は幸わせそうに微笑んでいた。

ヒマワリは南ヨーロッパの陽光を浴び

首をてんでな方角に振っていた。

大口を開けて笑いながら……。

萌芽

女が死んでいた。
腹部に粘液を塗りたくられ
涎を垂らし腑抜けのように。
カーテンが揺れ、ドアが軋みを上げていた。
夏の朝だった。

男は液を滴らせた。
白濁した液体は、女の体臭を濾過し、
その雄叫びと共に体内に飲み込まれていった。

生温かな空気、湿ついた皮膚……体温……その感触。
秋の闇夜のことだった。

女は「おかしい」と思った。
舌をしゃぶられ、腰を抱えられ、
男が腰骨を突き出した時、
爪が肉に食い入り……。
冬の夜は露を散らして明けた。

男の息は荒かった。
まあるく張りのある乳房、腰をつかみ
この逞しい太腿も、男の物だった。
恥骨を合わせるように、迎い入れる女に笑いかけ
春の夕陽も沈み込んでいった。

女は喘いだ。
腰を打ち振る度に肉が絡み合い、液が滲み出た。
女は幸福だった。男の頭をしっかりと抱え込み、
「これが幸福なのだ」と何度も自分に言いきかせた。
夏の朝、一滴の萌芽に、女はまだ気づいていない。

II

野草曲

なやましい夜の声

耳の奥底から
毎晩決まって聞こえるのは、
二本の絹糸が擦れ合う音。
〝シャリ・シャリ・シャリリッ〟
ほら、聞こえた。
真っ暗な夜にこだまする
あの悲しい響きは、
若くして死んでいった女たちの嘆きの声、
膚を擦り合わせる音かもしれない。

瞼の裏に張りつくもの、
それはある夜の寂しい情景。

……＊……

黒緑の空を舞台に、
淡い煙が天上へと駆けて行く。
桃色と灰色の煙、
それがまるで二匹の女蛇が絡み合うように
互いに相手をいたわりながら、
〝シュルリ・シュル・シュル……シュルリ・シュル・シュル〟と、
音をたてては消えて行く。

夜。
冬の寒空に浮かび上がり、
ぼんやりと眠たい光を投げかける月が居る。

今日もまた、あの絹糸の
寂しい声を聞くのだろうか。

母と子（No.1）

オッパイ・オッパイ
もうイッパイ
赤んぼ笑って
もうイッパイ
腹が減ったと
もうイッパイ
まだまだ足らん
あとイッパイ
母親喜び

チュッ・チュッ・チュッ
うすい毛頭（けとう）に
チュッ・チュッ・チュッ
赤んぼたまらず
もうイッパイ
イッパイ飲んで
もうイッパイ
母親わからず
もうイッパイ
何も知らずに
あとイッパイ

それから

子供は言う。
ミミズを見ては言う。
これはヘビだ！
母親が何度教えても、
子供は頑としてヘビだと言う。

子供は言う。
トカゲを指しては言う。
これはワニだ！

みんなが何度教えても、
子供は繰り返してワニだと言う。

〈それから〉

君は教えられる。何度でも。
ミミズをミミズと言うまで。
そのうち君はこう言うようになる。
これはミミズだ！
君は当たり前の顔をして、
ミミズを見ては言うようになる。
これはミミズだ！
子供は笑って言う。
これはヘビだ。
君は向きになって言う。
これはミミズだ！

子供は言う。
ヘビだ、ヘビだ。

〈それから〉

君は父親になる。
君は子供に教えようとする。
これはミミズだ
ヘビではない。
でも子供は相変わらず、
何度でも繰り返して言う。
これはヘビだ。
ヘビだ。ヘビだ。

彼女のスケッチ

広間の長椅子に腰かけて
式の終わるのを待っている。側には
団栗眼の女の娘が居て
保母と幼稚園教師、医院と病院との
違いについて話してくれる。
硝子窓を透して感じられる、初夏の陽ざし。
スーラーの点描画にも似た日本庭園の色彩。
静寂な倶楽部の室内は、外界から
切り取られたように息衝いている。

先程まで子守りをしていたという彼女は
赤いゴムまりを膝の上で弄んでいる。
華奢な体を包み込む、白黒模様のワンピースに
乗っかったような可愛い顔立ち。
『何かやりたいことあるわけ？』
覗き込む瞳は不思議な調和のようで、
女の感覚では捕えられない思考を内含する。
『ずっとこんなにして行くと思うと……
……そんなこと考えない？』

歓声がわき起こる。
スピーチの声が暗誦するようにそれを追う。
拍手の鳴り響く中
笑顔が交差するように浮んでは、至福の時
を呼び覚ます。

ドーナツ～小話(1)

学生食堂の前を通りかかると
「よお！」と肩をたたかれたのだ。
何が「よお！」だと振り向くと
うまそうに煙草（モク）をふかす
奴の顔があったのだ。

確かに奴は、猫の足の裏
あの柔らかな部分に触れ
サッと撫でたのだ。——心地良く。

おれはくすぐったかった。

ゴロゴロと喉を鳴らした。

でも……爪を出さずにはいられなかった。

――おれの孤独癖（ボヘミアン）よ
　いや、心の飢餓がそうさせるのだ。

ところで奴は言ったのだ。

笑いながら言ったのだ。

「授業に出ようぜ！」

おれは苦笑せずにはおれなかった。

それから……まもなくおれは
また……ドーナツを頬張って
映画を見ては笑っていたのだ。

お大事に〜小話(2)

〈元気にしとったあ〉で始まり
〈お互い頑張ろうね〉で終わる彼女との会話。
毎度のことだ。
そう。毎度のことなのだけど、その度ごとに、
僕は或る種の戸惑いを覚えてしまう。

相変わらずのまん丸顔に、大きな目ん玉。
人懐っこい笑顔も、以前と少しも変わらない。
〈痛かったあー〉と顔をしかめてみせる彼女は

髪をボブにカットして、なかなかキュートだ。

例の如く〈お互い頑張ろうね〉と彼女が言った時
僕は馬鹿馬鹿しいくらい陽気な自分を認め、
気恥ずかしさの中、彼女の「女」に触れたのだ。
〈ああ……〉と不愛想に答えた後、
心なしか小さく縮んじまった体つきの彼女に
僕は〈お大事に……〉と声をかけた。

プラットホーム～小話(3)

紺と、白のブラウス
リクルートスーツに身を包んだ
君の顔が横切った時
「あれっ」と思ったのだ。
電車の窓越しに
プラットホームを通り過ぎる人・人・人……。
人の波に飲み込まれた君が
完全に視界から消え去った時、
見てはいけないものを見たようで

やるせないというんだろうか、
たまらないというのか、ともかく。
ああ、そうなんだと、妙に納得したのを
——覚えている。
あとで君は「えーっ」て、驚いてみせたけど、
僕は、その「えーっ」に、内心嬉しくて、それと
とっても、可笑しかったのだ。
就職が決まって、君の顔に明るさが戻った。
「おつかれさま」と部屋を出て行く君は
ふさいでいたのがウソみたいで
・・・・・・・・・・
本当におつかれさまでした、と
後ろから首を絞めてやりたいくらいだった。

きのこスープ

きのこスープを食べながら
本当はここの店より　どこそこの店の
きのこスープが一番好きという。
白まなこの　丸っこい目で
視線をそらしたり、もとに戻したり、
急に瞳をのぞき込んだと思うと
くすぐったい笑みを浮かべる。
視線の先には疲れた顔の男が居て
ここち良い甘い風に喉を鳴らしている。

そこには二十代前半の特有の若さが、延びる芽の勢いがあり、華やかさが漂っている。

また少し太った、と言っては目の前の疲れた顔の男の反応を見る。

〝赤ちゃん〟と、自分が呼ばれることを悔しいと言い、仕事が出来ないと自分がつらいだけだから……と、なかなか微笑ましいことを言ってくれる。


疲れた顔の男は迷っている。

フラフラと頼りなく　途方に暮れている。そんな男も彼女と同じ、きのこスープを食べている。

でも、その味は23歳の女の娘の感じているものとは違う。

男は理解出来ない。きのこスープの味を——。

つがい

夕方の動物園
陽が西に傾き、人の影が長く延びる。
閉館直前の園内はガランと静まり、
疲れた動物の眼がこちらを視ている。
側らを急ぎ足で駆け込んで来る人がいる。
バケツには鶏の頭や生卵が入れられ、
ゴム長靴の足にぶつけながら――

閉館間近の時間帯
園内がひとつの宇宙であり
宇宙は安らかだ。
そこはひとつの空間
永遠に続くような輝(きらめ)きの中、
私はゆっくりと腰を上げる。

物陰に影が踊る。
「あっ、つがいか」
恐しいものでも見るように、
一組の男女がこちらを凝視(み)ている。

動物園の中では現実が遠ざかる。
現在と未来とが共存している。

檻の中の動物こそは〝住人〟であり
その脇を、人間が通り過ぎていく。

街中の雑踏に揉まれ、そこに宇宙を見る時間（とき）がある。
（かつて動物園で感じたのと同じ宇宙）

閉館になった檻の中の空間で、
今、動物たちは鶏頭やら、何やらを
ガツガツと食べているに違いない。

キザな奴

ボロボロだと言う。刹那的にしか生きられないと言う。それはそれで結構であって、そのようにすれば良いのであって、そのようにする為の方策を考えて、実行すれば良い訳です。なのに、あんたは未来がナイ、将来がナイ、夢が、希望が、目的がナイ。とにかくナイナイばっかりで、そればかりを口にして一日を送っているのです。金がなく、愛がなく、欲がなく、格がなく、それでも別に構わないのです。ただ、豊かな心、贅沢な心、感受性を失くしてしまっては駄目なのです。貧しくとも、死の床に居ようと、心だけは贅沢に保っておきましょう。刹那的にしか生きられない。それがあんたの宿命ならば、受け入れるしかないのです。他の人と同じであろうと欲することは、かえってあんたを苦しめるはず。ならば、あんたは刹那的な最高の生き方をすればいいのです。それには、まず、擦り切れたあんたの心を豊かに、贅沢にしなくては駄目なのです。

――飢えている男に向って贅沢な食事をしている自分を想起しろという。それで腹が膨らむものか。

（「物」は決してあんたを豊かにしてはくれません。）

――豊かな「物」は豊かな「心」を生む。その逆のことは有り得ないのではないか。

（「物」は決してあんたを豊かにしてはくれません。）

――未来を見い出せぬ男に向って将来を考えろ、人生設計をしろという。そんな意欲がどこから湧いてくるというのか。

（意欲というものは、「起きる」ものではなく「起こす」ものなのです。）

――キザなことを言う。全くもってお前はキザだ。自分で、そう思わないのか。

（暗い性格のあんたが無理して明るく見せかけることはないのです。それはそれで良いことなのですから。）

――肉体も感受性もピークを超えた、そんな人間が、あと何を期待して生きていくんだい。

（生きる手段はいくらもあります。自ら鋳型に入ることもありません。〝あんた〟のままで十分生きていけますよ。）

――お前には良い加減、愛想が尽きた。もうあっちへ行ってくれないか。

……ところでお前の名前は何ていうのかい。

（わたしの名前ですか。わたしの苗字は「社会」、名を「善」と申します。）

でんわ

でんわ。あんな嫌な奴はいない。部屋の真ん中に陣取って、威張り、踏ん反り返る様は忌ま忌ましいばかりだ。

でんわ。あんな厚かましい奴はいない。いったい何様だと思っているのか。便所(トイレ)から風呂場から、口一杯に飯を頬張り、或るいは泥だらけの手を洗いも出来ず、おれは奴の為に引っぱり回される。あの無表情なことと言ったら。乙に済まして、気取っていやがる。あの色白の華奢な体でやることといったら、えげつない。馬鹿でかい声で喚き散らし、——それも当たり構わずにだ——雌豚みたいにキャア・キャア・キャア・キャア・キャア。セーラー服を着た売婦だぜ、奴は。

何度心臓がイカれそうになったことか。鶴のひと声ならぬ、奴のひと声におれは身が縮み、震えが来、鳥膚が立ち、引攣り、天国へと召される寸前だった。でんわ。あんな非情な奴はいない。（ええい、胸くそが悪いわい。）勇んで飛びつくが早いか「間違えました」。ひどい場合は無言で『ガチャリ』。慌てて便所（トイレ）へ逆戻りだ。おれはファッション雑誌やらを片手に、菓子をパクつきながら何十分もくだらん話をするなど御免被る。それこそ奴の思う壺ではないか。

（でんわ・でんわ・でんわでないでんわ・でんわ・でんわ）

奴は処女みたいに微笑んでいるが、その背後にある物を見せようとはしない。だからおれは自ら進んで、でんわをかけることをしない。余程のことがない限り、その「膚」に触れようとも思わない。奴の膚はベトついて、粘着液を吹き掛けたみたいだ。おれは奴の甘い言葉に騙されたりはしない。奴は品を作り、何とかしておれに取り入り、「膚」に触れさせようとする。ウインクをし、腰を揺らめかせ「さあ、おいで」とばかりに妙な臭いさえ漂わせている。――そんな物に負けはしない。おれは賢明にも知ってしまった。奴は油断をしたのだろう。ヒョイと、後ろを向いた所を、おれに目撃されてしまったのだ。でんわなんぞにあしらわれてなるものか。偽善者めが。このおたんこなすめが。

それにしても嫌な野郎だ。まだああして笑っている所を見ると、奴は余程の〝心臓〟なのだろう。大概の奴ならば恥ずかしくて隅にでも隠れる所なのに、堂々と胸を張って、こっちを見つめている。

——まるで社会かなんぞのように。

昼食時間（ランチタイム）

前向きに生きるってどういうこと？　頭の片隅でぼんやりとその考えを燻（くゆ）らせながら、もう片方の側（サイド）では食べ物を口に運ぶ回路に電流（スイッチ）を通していた。味塩を茹（ゆ）で卵にぶっかける。テレビから流れて来る音声の発信源たる、二重アゴの男の分厚い話を、フォークでスパゲティを扱うようにクルクルと巻き取っては口の中へ放り込む。

「困難から逃げようとしたことなどなかったね。」

インタビュアーが尋ねもしないのに、湿った唇をさらに湿らせていく。鶏の唐揚げを手づかみで摑んでは、食いちぎり、口一杯に頬張る男。そのベタついた手がティッシュを捜している。不思議とそんな情景を頭に描いているうちに、おれの意識は「前向き」から「困難」へと転換されていった。

(困難?――困難って、いったい何だろう。)


指先がティッシュを一・二枚引き出す。過敏で融通の利かないペニスのような神経にドレッシングを振りかけ、引き出したティッシュにくるんでは屑入れに捨てる。そんなことを数十回も繰り返すうちに、ティッシュ箱は「空(から)」になり、ふき取る物もないと気づいた時に、無理やりペニスを膨らませ、放出させるなんて――馬鹿げてる。そして放出するものさえないと解った時、うすら笑いをしている男に気づき、おれはニッと微笑み返すんだ。

「今ですか。しあわせですよ、とっても。」

――テレビから男の湿った声が聞こえてきた。


バターをタップリと塗りたくったパンで手をベトベトにしながら

ティッシュに手を延ばしているおれ。

「ベトベトになったからさ。ベトベトになったから、ふき取るだけ。」

手を拭った瞬間、しあわせが訪れ、また、テカテカと光る男の額を見た。

「前向き」って……その前には何が落ちているのだろう?

――油ぎった鶏の頭部がポトリと落ちた――

ある日の午後　――そのスケッチ

沢山のバイクや自転車が雑然と放置されて居る。歩道を横切り、その賑やかな一帯を後にすると、目的の保険事務所の看板が、薄汚ないビルの三階にぶら下っているのが見える。建物の一階の隅に、小さな専用入口があり、真っ昼間だというのに、やけに暗い通路を進んで行くと、モップとバケツを手に、しみったれた服装のばあさんが階段を降りて来た。一階がスポーツ店。二階は何だか解らない。ただ解っているのは、今からおれが行く場所はエレベーターでは行けないという事。そして、ばあさんが降りて来た、あの階段を上って行かねばならないという事だ。

三階まで階段を上りきると、横に狭い廊下が走り、その奥の引っ込んだ所に目的の事務所のドアが見えた。ノックを二度。ノブを回すと、疎らに置かれた事務机が見え、Yシャツ姿の男と制服の女事務員が二人。その内の一人は何故だか解らないが、大口を開けて笑っていた。おれが用件を話すと、大人しく事務机に向っていた方の女が立ち上って、生温い麦茶を運んで来てはおれの前に置いた。室内には区域別の地図帳や顧客名簿、ファイルした書類等を詰め込んだ棚がまず目を引き、その横の白壁には、先月の売上実績を示す棒グラフが個人別に記入されている。「目標突破」、「行動第一」、「明るい職場」等と、やけに威勢の良い文句が並べられた貼紙が、隙間もないくらい室内を飾っていた。フッと横を向くと、Ｙシャツ姿の男が、卵の殻を口元に張り付かせながらおれの方へ進んで来るのが分った。

ビルから一歩踏み出ると夏雲が広がっている。昼食時も終わりなのか、男や女の群れが、今まさに「日替り定食」を食いました、といった顔付きで様々の方向に散って行き、建物の中へ吸い込まれていく。帰途、おれはこの町の繁華街と言われる区域、いわゆるデパートのある通りを歩いた。平日の商店街のアーケードは深閑としていて、靴音の響きが、いつまで経っても消え去らない。下腹の膨れた主婦達がタイム・バーゲンの列を作り、太い腕がわれ先に商品を引っ摑んでいる姿に、おれは何だか、悲しくなってしまった。

この時間、この町で見られるのは、年老いた人間、そして買物の主婦ばかりだ。工場の煙突から立ち昇る煤煙が薄くなり、河川の汚水が改善されるに連れて、凝り固ってしまった町。それに同化してしまったかの自分を意識した時、青空の下、バス停へ向かう足が急に重くなっていくのを感じるのだった。

鹿児島の石橋

石橋を守る署名を行なっている
おばあさんが居た。
橋の写真を撮っていると手招きをされ、
僕は署名のペンを取った。ところが――
鹿児島市民で無いと判ると署名を拒否され、
市民でないと意味がない旨の説明を受けた。
僕は冷たい麦茶やら薄切りのスイカを
ごちそうになりながら、撤去が決まった石橋について、
決定した知事を非難する彼女の話を聞かされた。

人が近くを通る度に彼女は声をかけた。
そんな行為のむなしさを彼女は知っている。
でも、やらずにはおれない。
役にたたないものは壊される。
無駄なことはやらない。
そう、割り切ることのできない人間は、
最期の日までやり続けるしかない。
彼女のように。

憧れ

いつも退屈し、いつもつまらない顔をし、いつも疲れていていて何もする気になれず、新しいものに望む気力もなく、くだらないを連発し、面白いもの等どこにあるんだという顔で先のことを思う余裕も無く、切迫し、緊張し、投げやりで、怠慢、良い加減で、「こんなものさ」と割り切り、また反面割り切ることが出来ず、グダグダとグズグズと先に延ばし、イライラと怒っていて（何に対して？）厳しい顔をし、眼付きも鋭く、人生はつらいもの、辛抱するもの、忍耐が大事と教えられ、それに反発しつつも、黙々と打ち消せず、疑い、神経症で、やりたいことなど何も無くなって、夢？希望？何も無いのに、何かを期待し、捨て去ることも出来ず、廃人をもて遊び、どこにも飛んで行く所など失くしてしまった。どこにも帰る所など失くしてしまった。

憧れやら、胸の高鳴り
そういったものをドブに投げ捨て
そうすることで自分を支えていた
あの頃。
痛いものを痛いと、可笑しいものを
可笑しいと感じられた。
親の優しい瞳を覗き込みもせず、
自分はいつもひとりで、いつも

ひとりではなかった。欲しいものばっかりで、
欲しいものなど何ひとつ無かった。

瞼に陽が重い。
草叢には頭骸骨が転がり
むしゃむしゃと食っていた。

春へ（〜桜の枝を折って病院へ行く）

一

死ぬために生きている
それを見るのはつらい。
報われない。
看護をするのもつらい。
だけど一番つらいのは
痛みとたたかう本人自身なのだ。

少しでもその瞬間を引き延ばすため。
たとえ一秒でも。あの
笑顔を見続けていたい。
そんな想いで
看病をする。見舞いに来る。
だけど本当につらいのは
自由にならない
苛立ちとたたかう本人自身なのだ。

骨と皮だけでカラカラに乾いた体でも
本人には鉛のように重いのだ。
そして、その重さは
その重みを感じる知覚は
死んでしまうまで変わらない。
開放されるには死ぬしかないのだ。

そんな中で必死に生きている。
痛みに〝泣き顔〟さえ見せないで
必死に堪えている。――毎日を。
〝生きる〟っていうのは案外、単純なことかもしれない。
そう感じる程に。
――また一日が幕を閉じる。

二

良くなる見込みはない。
確実に悪くなって行くのだ。

朝が来て朝食が運ばれてくる
昼が来て、昼食が運ばれてくる
夜が来て――。

それは延々と繰り返される。

病室の中は常に一定の温度が保たれ
夏も、秋も、冬も変わりはない。

夏が来ても、蟬は鳴かず
秋が来ても、葉は色付かない
冬が来ても、木枯らしは吹かず

それは延々と繰り返される。

祖母の耳は格好が良く、
宇宙人のように、とんがっている。
本当の宇宙人だったらね……。

朝が来て、朝食が運ばれてくる
昼が来て、昼食が運ばれてくる
夜が来て——。
祖母はゆっくり眼を閉じる。
祖母の名前は〝ハルヱ〟という。

あとがき

　コロナ禍が無ければ、本を出すことはもっと先、あるいは無かったかもしれない。二～三年で終息するだろう、と安易に考えていたが、三年を過ぎても未だに終息していない。

　二年半前に母を亡くした。面会も思うように出来ず、満足出来る葬式もしてやれなかった。今日ある「日常」が明日もあるとは限らない、という当たり前のことに気づかされた。

　ここに収めた詩は令和の洗練されたスマートな詩とは違う。出版する価値があるのか、と自問もしたが、逆に、だからこそ面白いのではないか、と考えた。デジタル時代になり詩の表現方法は変わったが、基本的な物事の考え方や感じ方は、それ程変わっていないように思う。

百年に一度の豪雨が毎年のように降り、台風は巨大化し、猛暑日が何日も続き、大きな地震も頻繁に起きるようになった。デジタル化により便利になった事も多いが、便利であるが故のリスクや、健康面（眼や脳等へのダメージ）への影響も計り知れない。何が起きるか解らない時代を、これから何十年も生きていく若い世代は、特に大変だと思う。

できれば、この本は十代から三十代の若い方にも読んで頂けたら、と思っている。「生きづらい時代」を生きて行かざるをえない方が、この本の中の詩で、何かを感じ取って頂けたら、とても嬉しい。

この本を完成させるにあたり、弦書房の小野静男様には沢山の的確なアドバイスを頂き、力を尽くして頂きました。心からお礼を申し上げます。表紙のイラストを書いて頂いたY様にも感謝します。

最後に、この本を手に取ってくださった方、私の詩を読んでくださった方、ありがとうございます。

皆様の「明日」が素敵な日となりますように。

二〇二三年九月吉日

松本秀明

著者略歴

松本秀明（まつもと・ひであき）

一九六〇年、福岡県生まれ。福岡大学卒業。小さい頃より虫が好きで昆虫採集を始める。一七歳から詩を書き始め、一八歳頃から、曲を自作自演するようになる。大学卒業後、定職には就かず、昆虫写真撮影や音楽に興じる。二七歳で厚生関係の会社に就職。その後、装飾横穴墓（装飾古墳）やアーチ型石橋に興味を持ち、休日を利用して九州を始め西日本各地を撮影して回る。コロナ禍で三〇年以上勤めた会社を退職。将来の夢は写真の個展を開くこと、昆虫同好会を立ち上げること等。

詩集　危険な散歩

二〇二三年 九 月三〇日発行

著　者　松本秀明
発行者　小野静男
発行所　株式会社　弦書房
（〒810・0041）
福岡市中央区大名二―二―四三
ELK大名ビル三〇一
電　話　〇九二・七二六・九八八五
FAX　〇九二・七二六・九八八六
印刷・製本　アロー印刷株式会社

ISBN978-4-86329-276-5　C0092